LE LIVRE NOIR

GAZETTE DU CALIFE HAROUN-AL-RASCHID

———

Voici LE LIVRE NOIR.

Il dépendra de l'accueil du public qu'il devienne tout à l'heure un journal hebdomadaire, et qu'après avoir parlé du passé il parle des choses du présent et de l'avenir.

Il est dédié à mes compatriotes de la Franche-Comté.

J'y parle bas. Ce n'est pas la voix qui me manque, c'est l'air.

CHARLES JOLIET.

———

Puissant Calife,

Tu règnes sur Bagdad, la grande ville, ton sceptre commande à quarante millions d'hommes et tes mains étendues touchent deux mers.

Chaque année, tes vizirs te présentent deux livres :

LE LIBRE BLEU, qui contient l'exposé de la situation intérieure.

LE LIVRE JAUNE, qui contient l'exposé de la situation extérieure.

Or, chaque matin tes vizirs te saluent Dieu, et tu n'as pas trouvé, parmi tant d'esclaves, un affranchi qui te salue au réveil par la formule antique :

« Souviens-toi que tu n'es qu'un homme. »

Voici ce que te disent les livres bleu et jaune :

Les députés sont dévoués.
Les sénateurs ne s'opposent pas.
La presse est soumise.

PARIS

LIBRAIRIE INTERNATIONALE

BOULEVARD MONTMARTRE, 15, AU COIN DE LA RUE VIVIENNE

A. LACROIX, VERBOECKHOVEN ET Cⁱᵉ

ÉDITEURS

A BRUXELLES, A LEIPZIG ET A LIVOURNE

1868

Ton empire paisible, heureux et fier, marche à la tête de la civilisation.

Tous les peuples du monde sont nos amis et nos alliés fidèles.

L'Équilibre européen n'oscille qu'au froncement de tes sourcils augustes.

L'Armée est prête à écraser l'Europe au premier mouvement.

La Marine est la reine des mers.

Les Colonies, nos filles lointaines, sourient à la mère-patrie.

L'Instruction brille comme un phare.

Le Trésor déborde.

La Justice protége les bons et fait trembler les méchants.

La Religion inonde les âmes.

L'Agriculture dépasse toutes les espérances.

Le Commerce est libre et florissant.

Les Travaux publics ont changé les maisons en palais.

Les Lettres, les Sciences et les Arts ont vu renaître les grands siècles d'Athènes et de

Rome ; ils chantent la gloire et les splendeurs de ton règne.

Le moment est donc venu, ô puissant calife, de poser le couronnement de l'édifice, car Bagdad est tranquille.

Voilà ce que disent les vizirs, tes dépositaires.

Mais en vain autour du trône les genoux fléchissent, les yeux veillent, les mains obéissent : nos cœurs sont à nous seuls.

Le fruit vermeil a son ver. Devant les palais est assis le mendiant couvert de cendres.

Elle est haute à franchir, la pierre de ton seuil, mais la Liberté a des ailes.

Elle te présente

LE LIVRE NOIR.

César, sois salué par celui qui va parler.

« Parler est bien, — écrire est mieux, —

imprimer est tout. Publier sa pensée est plus qu'un droit, c'est un devoir. »

Il y a une arme plus puissante que la Force, c'est le Droit, plus terrible que la Calomnie, c'est la Vérité.

Tu peux frapper, mais tu l'écouteras.

Rassemble tes vizirs.

Tu leur demanderas si leurs livres officiels sont aussi sincères que celui-ci.

Non, ton empire ne marche pas à la tête de la civilisation et ton peuple n'est pas le plus spirituel de la terre.

CHAMBRE DES DÉPUTÉS.

Est-il vrai que ton empire ait pris ses racines dans le sol de 1789 ?

Alors la Convention était jeune, comme les généraux de la République.

Compte tes représentants du peuple. Il y en a 283. La moyenne de leur âge est de 56 ans. Ils votent comme un seul homme et *jurent la parole du maître;* mais où sont ceux qui passionnent le peuple, les maîtres de la tribune ?

Ils sont tous à gauche, peu nombreux, toujours vaincus par le nombre, mais debout.

Quant à la droite, à la majorité, elle est obéissante. Elle sait qu'un serment engage les actes et n'engage pas les convictions.

Renier une erreur est-ce une apostasie ?
L'homme absurde est celui qui ne change jamais.
Toujours la même tige avec une autre fleur.

Si tu veux le connaître, le peuple, étudie-le de plus près.

Les enfants ?

On les élève pour être libres. On les nourrit des exemples de l'antiquité, des vertus républicaines, et hier ils ont applaudi le fils d'un républicain qui refusait une couronne.

Les étudiants ?

Ils acclament les professeurs qu'on destitue, les hommes politiques qu'on frappe, les proscrits et les vaincus.

Le barreau?

M. Grévy est son bâtonnier.

Voilà l'élite des intelligences du peuple. Le terrain est trop brûlant pour descendre plus bas.

SÉNAT.

Cette académie politique n'a ni droite, ni gauche, ni centre. Elle est une et indivisible. Elle a proclamé la divinité du Christ à l'unanimité moins une voix, celle de M. Sainte-Beuve.

C'est une page unique dans son histoire.

INTÉRIEUR.

Tout est calme.

Bourgeois de Bagdad, dormez.

Nous avons la liberté de la presse.

Aussi les neuf cents journaux de Bagdad et les deux mille journaux des provinces chantent un chœur joyeux d'allégresse.

Ceux qui chantent juste sont punis de l'amende et de la prison. Bientôt leur voix s'éteint et ne trouble plus l'harmonie.

Nous avons aussi le droit de réunion, sous l'égide de l'autorité tutélaire.

On en sait quelque chose sous le beau ciel de la Provence.

Et quand on voudra nous faire chanter la *Marseillaise*, nous l'aurons oubliée.

Au dedans, le silence.

Au dehors, tout est bien aligné, tiré au cordeau. Les rues sont droites, stratégiques. Paris ressemble à Turin ; c'est un échiquier dont les monuments sont les pièces.

Était-ce bien la peine d'abattre la rue de la Paix pour étrangler l'Opéra ?

J'admire ces enfilades de maisons uniformes, toutes neuves, régulières et froides comme des casernes ou des hôpitaux.

Mais ce qui me console, c'est que le peuple a de l'air. Oui, le peuple a de l'air.

La vie de famille est détruite. Elle est remplacée par le cercle, le café, le jeu, la Bourse et les filles.

L'homme riche désœuvré exhale une odeur de cigare, d'écurie et de poudre de riz.

Les jeunes sont des crevés, des mannequins, des gravures de modes.

L'argent a perdu la moitié de sa valeur et les besoins ont doublé.

Les petites bourses, le petit employé, le petit rentier, le petit commerçant, l'humble travailleur, végètent.

La population n'est pas stationnaire, elle baisse.

La moyenne du salaire des femmes est de vingt-deux sous par jour.

Il y a deux mille faillites par année.

Seul, Mabille est prospère.

Mais ce qui me désole, c'est que nous fumons de détestables cigares.

Cependant le *Moniteur de Bagdad* est rédigé par Conrard, qui garde le silence.

Et le vizir, ramassé au centre de sa toile, dont le réseau télégraphique enveloppe les provinces attentives, transmet ses ordres à son armée de fonctionnaires.

Ici on efface le nom de Diderot sur les murs de sa ville natale. Là les Francs-Comtois votent pour M. Grévy. A Nîmes, à Bordeaux, à Toulouse, le menu fretin passe travers les mailles croisées du filet. L'année prochaine, la pêche ne sera pas miraculeuse.

L'Angleterre dit qu'on nous administre à huis-clos et que, sur quarante millions d'hommes, aucun ne peut dire de quel côté leur masse fera pencher les plateaux de cette balance à faux poids qui s'appelle l'*Équilibre européen*.

De la politique, passons à la littérature.

On a publié dernièrement un recueil fort cher sur le *Progrès des lettres et des arts*. On y appelle la *République des lettres* l'*Empire des lettres*, ce qui n'est flatteur ni pour toi, ni pour elles.

Tu as pu voir que les journaux sont les muets du sérail politique.

Les livres, comme le reste, sont soumis à la Commission de l'index. Toute œuvre forte et sérieuse est déclarée indigeste pour nos estomacs débiles.

Le théâtre, le roman, la philosophie, l'histoire, la poésie, tout est paralysé.

On laisse circuler des ordures, mais on condamne Proudhon et les libres-penseurs.

Ou autorise les féeries, mais on proscrit le répertoire de Victor Hugo.

La machine est bien organisée. Dans les

États réguliers, l'Art et la Politique doivent marcher au pas.

En Peinture, nous avons la Photographie.

En Sculpture, des copies ou des imitations.

En Architecture, des casernes et des églises en pâtisserie.

En Musique, Offenbach.

En Poésie, des cantates.

La Médecine recule devant la Religion.

A l'Observatoire on avait des planètes pour deux cents francs.

L'Art est mort.

La Science est un fruit défendu.

La religion, la famille, la morale et la propriété ne s'en portent pas mieux.

AFFAIRES ÉTRANGÈRES.

Chaque grand peuple traîne un boulet rivé à son pied.

La Russie a la *Pologne*. Le cadavre palpite encore et le bourreau ne peut arracher le dernier soupir de sa victime.

L'Angleterre a l'*Irlande*. On y plante des pommes de terre et on récolte des boulets de canon.

L'Autriche, l'Italie, l'Espagne et Rome ont la *Révolution*.

La Prusse a ses *annexions*.

La Turquie a la *Crète*.

Quels sont nos alliés ?

Est-ce l'Angleterre ? — Non.

La Prusse ? — Non.

L'Autriche ? — Non.

La Russie ? — Non.

L'Italie ? — Non.

Par exemple, nous avons l'Espagne.

A quoi ont abouti nos expéditions étrangères ?

Rome. — Nous occupons Rome depuis quinze ans, mais il n'est si bonne compagnie, — fût-elle de Jésus, — qui ne se quitte un jour ou l'autre.

CRIMÉE. — Nous avons démoli Sébastopol ; mais cette expropriation nous a coûté cher et le propriétaire a gardé son terrain.

ITALIE. — Nous avons joué deux actes de la comédie sanglante de *l'Unité italienne*.

1ᵉʳ acte : La Lombardie.
2ᵉ acte : La Vénétie.

On attend le 3ᵉ acte : Rome, et cette vieille fille ne veut pas se marier avec Victor-Emmanuel.

La pièce finie n'ayant pas de succès, on en jouera une autre qui s'appellera *la Fédération des villes italiennes*.

SYRIE. — Encore des affaires d'Église.

CHINE. — Des histoires de mandarins.

MEXIQUE. — Nous allions là en créanciers, et les États-Unis nous ont envoyé un commandement.

Conclusion :

L'Autriche, allégée du Lombard-Vénitien, a été chavirée par la Prusse, qui a absorbé l'Allemagne. La Confédération germanique veut bien l'*Unité allemande,* mais elle ne veut pas l'*Unité prussienne.*

Les choses en sont là. Demain, il faudra recommencer la politique de Pénélope.

L'Empire c'est la paix.

La neutralité est attentive.

Attendons avec patience la fin de la période d'apaisement.

Ce qu'on voit de plus clair sur les brouillards du Rhin, c'est un peuple militaire de 70 millions d'hommes, et, derrière lui, le Danemark écrasé, l'article 5 du traité de Prague violé, la signature de la France protestée devant l'Europe.

Et si nous disons à l'Angleterre :

« A bon entendeur, salut ! »

C'est un salut qu'elle ne nous rendra pas, comme d'habitude.

GUERRE. — MARINE. — COLONIES.

Nous avons un million d'hommes sous les armes.

La flotte est sous vapeur.

Jamais le militarisme n'a eu une plus belle partie à jouer.

Rappelons-nous seulement que les charrues creusent des sillons et que les canons ne creusent que des ornières.

La carte de l'Europe sera chère à payer.

La famine a cessé en Algérie, faute de victimes.

FINANCES.

Emprunt de 250 millions.
Emprunt de 500 millions.
Emprunt de 750 millions.
Emprunt de 429 millions.
Ce 29 m'intrigue. J'espérais mieux.
Total : 1,929 millions.

Le budget de la ville de Paris est obéré de plus de 300 millions.

Le Crédit mobilier a sombré.

La Banque a mis un milliard liquide en bouteille dans ses caves.

A quand la fonte des neiges ?

INSTRUCTION PUBLIQUE.

La France est une des nations les plus ignorantes du globe, et c'est fort heureux, car si tout le monde savait lire, chacun voudrait être officier.

Il y a quinze ans, on avait supprimé dans les lycées le cours de *philosophie*, et on l'avait remplacé par la *logique*.

La logique n'a pas pris ; cela ne m'étonne que médiocrement.

D'ailleurs, où mènent les études supérieures ? Tous les meilleurs élèves de l'École normale sont devenus journalistes. Voilà les bienfaits de l'éducation.

Un homme instruit est presque toujours un révolutionnaire. La France périra par ses bacheliers : c'est l'opinion de M. Guizot. Il a perdu Louis-Philippe, mais il a sauvé la monarchie.

JUSTICE.

Je crois à la justice, et j'affirme ma croyance par la sagesse, la sincérité et la modération de mes idées.

Sainte-Pélagie, patronne des journalistes, protégez le rédacteur du *Livre noir*.

CULTES.

Il n'y a plus de religion. Tous les cultes sont libres.

Je suis protestant, comme Stendhal.

Je proteste contre toutes les religions.

Aujourd'hui, en France, les opinions religieuses se réduisent à cette alternative :

« Êtes-vous *pour* ou *contre* la découverte de l'Imprimerie? »

Le reste est de l'encre perdue.

On adore ou on abhorre, on ne discute pas.

Non possumus.

Ce qu'on peut dire avec Méphistophélès, c'est que l'Église a l'estomac solide et qu'elle seule peut digérer le bien mal acquis.

Bon appétit, messieurs.

AGRICULTURE. — COMMERCE.
TRAVAUX PUBLICS.

AGRICULTURE. (Voyez : *Guerre.*)

Qu'importent les pommes de terre si les truffes ne sont pas malades?

COMMERCE. — Nous avons le libre échange.

(Voir : *Milliard de la Banque.*)

Travaux publics. — Paris démoli et rebâti en dix ans.

(Voir : *Budget de la ville.*)

MAISON DU CALIFE & BEAUX-ARTS.

Ici je m'arrête devant la grande muraille de porcelaine, rempart de la vie privée, 6ᵉ Chambre, porte nº 11.

Trop de statues.

VIZIR D'ÉTAT & VICE-CALIFE.

L'*Homme-orchestre* jouant de tous les instruments politiques, et remplaçant le dialogue par de la musique militaire.

Maintenant, puissant calife, je vais te raconter l'histoire de quatre vieilles douairières. Je la tiens d'un vieux perroquet pelé et bavard et je désire qu'elle t'amuse.

L'ACADÉMIE.

Cette personne, d'abord assez sage, épousa le cardinal de Richelieu. Elle ouvrit son salon aux beaux esprits de son temps.

Ses invités ne dépassèrent jamais le chiffre de quarante. C'était déjà beaucoup pour le grand siècle. Il paraît qu'aujourd'hui ce n'est plus assez.

Chacun avait sa place marquée, son fauteuil numéroté. On y causait bien assis et librement. L'Académie était jeune, brillante, adorée de sa cour polie, et suffisamment honnête pour une jeune personne de ce temps-là. Un joli quatrain, même folâtre, et l'on entrait. Ses amants mouraient en lui baisant la main. Elle leur donnait un successeur, et on n'en parlait plus.

Peu à peu elle se relâcha dans ses mœurs et dans ses habitudes. Elle prit ses amants un peu au hasard et un peu partout. Elle avait à peine un demi-siècle lorsqu'elle commença à faire parler d'elle.

On lui eût pardonné des fantaisies, mais elle commit des fautes. Elle ferma sa porte à des hommes de mérite qui lui firent la cour, et à des hommes de génie qui la dédaignèrent.

Trois ont laissé leur carte de visite à la postérité. Ils avaient passé devant sa porte sans recevoir l'invitation d'entrer.

Le premier était un homme du dix-septième siècle qui s'appelait Molière.

Le second, du dix-huitième, s'appelait Diderot.

Le troisième, du dix-neuvième, s'appelait Balzac.

La mauvaise chance s'attacha à eux.

Molière se vit refuser une tombe.

Balzac passa sa vie traqué par des huissiers.

Enfin Diderot avait à Langres, sa ville natale, une rue qui portait son nom. On vient d'enlever la plaque et elle s'appelle : *rue du*

Théâtre, ce qui prouve que Langres est une ville extraordinairement spirituelle.

Aujourd'hui, l'Académie a toujours son salon. Elle renouvelle ses invités, mais non ses meubles. Les tentures sont flétries, les fauteuils ne sont plus d'aplomb. Tous ces vieux témoins ont vieilli avec elle. La compagnie commence à se mêler. Elle ménage les uns, elle a peur des autres. Elle sent qu'elle a besoin d'être défendue, car sa ceinture est dédorée, et personne ne la dénoue.

Cette bonne vieille fut reine, et la voilà garde-malade. Ses anciens adorateurs toussent à fendre leurs béquilles, et ils sont obligés de lui crier dans un cornet acoustique : « *Tu es toujours châmante, palsembleu !* »

Et les fauteuils sont toujours là, avec les mêmes numéros, un peu durs. La location ne chôme pas.

Entre eux, dans le salon, les vieux malins s'appellent *immortels*. Le secrétaire est même *perpétuel*. Mais tout cela n'empêche pas les impatients d'escompter les espérances. Dans la confusion générale, les hommes politiques entrent par la porte littéraire et les hommes littéraires par la porte politique. Tous ces héros capitolins gardent la langue, mais ils ne la défendent pas.

Personne ne croit à leur immortalité, et plus d'un amoureux transi sous les fenêtres murmure avec un soupir :

« *J'attends la série.* »

Voici l'un des anciens règlements de cette bonne Académie, qui ne doit pas être affiché dans la salle de réception :

Tous messieurs les académiciens promettent sur leur honneur de n'avoir aucun égard pour les sollicitations, de quelque nature qu'elles puissent être (*avis aux dames*), de n'engager jamais leur parole et de conserver leur suffrage libre pour ne le donner, le jour de l'élection, qu'à celui qui leur en paraîtra le plus digne.

En revanche, on m'affirme que la réception des candidats est soumise à la censure et à des répétitions, comme une comédie.

Un comité, choisi parmi les académiciens,

est chargé d'écouter la lecture préparatoire des deux discours et de veiller à ce que le serpent de la politique ne se glisse pas sous les fleurs de la rhétorique. L'occasion serait favorable, sans doute, pour donner à ces censeurs d'un nouveau genre le crayon rouge pour la politique et le crayon bleu pour la grammaire ; car si l'Académie brave parfois les pouvoirs, elle ne se gêne pas pour braver la syntaxe.

Le dictionnaire est une véritable mosaïque de Pénélope, et il est permis de le considérer comme une plaisanterie séculaire.

Quant aux prix académiques pour l'amélioration de la langue et de la vertu, ils me paraissent aussi utiles que les courses de chevaux pour la détérioration des crânes. Un homme qui écrit un poëme sur la *Machine à coudre* et un autre qui se casse les reins sont également à plaindre. C'est de la folie douce. On obtient par ce procédé des chevaux et des poëtes artificiels. Le mal ne serait pas grand, mais ils font des petits, et là est le danger.

Terminons cette première histoire par un flon-flon joyeux :

C'est un temple, vois-tu,
Où toujours la vertu
Trouve sa récompense ;
Sacrebleu, quand j'y pense ,
J'applaudis l'Institut !
Tur-lu-tur-lu-tu-tu !

LA REVUE DES DEUX-MONDES.

La *Revue des Deux-Mondes* ne peut être accusée ni de reconnaissance, ni d'ingratitude. Tous ceux qui ont obtenu ses faveurs savaient à quoi s'en tenir avant d'entrer chez elle.

Chaque fois qu'elle voyait passer un jeune et hardi cavalier, elle envoyait sa duègne lui porter une lettre d'amour et une clef qui ouvrait la tour de Nesle de la rue Saint-Benoît.

Elle le recevait alors, le masque au front, et lui disait :

« Quitte ton épée et ton pourpoint, et revêts

« cet uniforme gris, si tu veux porter mes
« couleurs.

« Maintenant, mets ces lunettes de verre
« dépoli sur ton nez, car je vais me démas-
« quer. »

En disant ces mots, elle versait dans une
coupe de vieux vin une bonne dose de né-
nuphar et elle ouvrait les bras.

Cela durait ce que cela pouvait. Quand c'é-
tait fini, l'amant reprenait son costume et elle
le faisait jeter dans la Seine.

Ceux qui savaient nager abordaient, les uns
au quai Voltaire, recueillis par le *Moniteur*,
d'autres à Saint-Germain-l'Auxerrois, recueillis par les *Débats*, d'autres enfin par la barque
à Caron, qui les menait aux Champs-Élysées
ou à l'Académie.

Les autres naufragés abordaient où ils pou-
vaient, emportés à la dérive.

Ceux qui se noyaient allaient à la Morgue,
où personne ne les réclamait.

La *Revue* reçoit toujours le 1ᵉʳ et le 15 de

chaque mois, emmitouflée dans sa douillette *café au lait*.

Si elle meurt étranglée, ce ne sera pas avec ses cheveux.

LA COMÉDIE-FRANÇAISE.

Cette douairière est aussi vieille que l'autre, mais elle se farde. Sa maison est opulente, nombreuse, mais elle n'a plus les amants qu'elle affichait en public, même devant les rois, et ses serviteurs font la loi aux maîtres de la maison.

Son premier amant fut Corneille. Elle eut la cruauté de le chasser après qu'il eut vieilli et qu'il se fut ruiné, corps et âme, pour commencer sa fortune et sa célébrité.

Elle resta cependant fidèle à la mémoire de ses amants qui lui léguèrent leur fortune, à la charge de dire des messes pour leur gloire.

Ce fut à Moscou que son contrat de mariage fut signé.

Comme sa sœur l'Académie, elle fit beaucoup parler d'elle, mais l'Académie fut toujours reconnaissante, et ne renia pas ses amours.

La Comédie-Française fut ingrate, et l'ingratitude lui a porté malheur.

Il est peu d'écrivains, depuis le XVIIe siècle, qui n'aient écrit sur la Comédie-Française, Molière, Beaumarchais, Lesage, Diderot, Voltaire et les modernes.

Le plus violent de ses adversaires fut Diderot, dont le *Paradoxe sur le comédien* est resté comme l'arsenal ouvert à ses ennemis, et aussi comme le bréviaire des comédiens.

Voltaire appelait la Comédie - Française : « *le Tripot.* »

Parmi les événements récents qui ont passionné l'opinion, on n'a pas oublié le procès en séparation de corps de M. Got pour cause d'incompatibilité d'humeur.

Je détache les fragments suivants de la plaidoirie de Me Cléry, son avocat :

« Si l'on jette les yeux sur l'organisation du Théâtre-Français, on y voit que sur vingt-trois sociétaires il y en a dix ou douze qui travaillent sérieusement et dont le concours est d'une utilité incontestable pour le théâtre et pour la société. Cependant, la situation est la même pour tous. La part sociale est plus ou moins forte selon que les recettes ont été plus ou moins considérables. Mais ces recettes, a part le mérite des pièces, à qui les doit-on ? A ceux qui ont joué souvent toute une saison, sans relâche, tandis que les autres ne se dérangent que pour venir, de mauvaise humeur, voir la première représentation des pièces nouvelles et émarger. »

En remontant plus haut, on trouve dans le *National* du 25 août 1841 cette note curieuse de M. Paul de Musset :

La façon dont on a raconté l'échec de *la Que-*

nouille de Barberine devant le comité de lecture de la Comédie-Française n'est pas tout à fait exacte. Ce n'est pas précisément un refus. La pièce avait été reçue *à correction*. L'auteur, qui avait su accommoder pour la scène *les Caprices de Marianne*, ouvrage réputé injouable, n'a pas trouvé que le comité, dont pas un membre n'a seulement fait un quart de vaudeville, eût qualité pour corriger sa pièce et lui donner des avis utiles. Il ne pouvait répondre à cette prétention que par un silence dédaigneux. Mais quelque jour peut-être, s'il y a lieu, les détails curieux de cette séance de lecture seront racontés au public. Ils en vaudraient la peine.

La grande question, quand on parle de la Comédie-Française, est celle de savoir si elle conservera son privilége de théâtre ministériel, et surtout celui qui est accordé aux comédiens de juger en dernier ressort les ouvrages dramatiques.

Sur le premier chef, voici l'opinion de M. Edmond About, que je trouve dans une de ses causeries à l'*Opinion nationale :*

« Le *Moniteur* nous apprend que le système de

régie, maintenu à la Comédie-Française, est abandonné à l'Opéra. La régie est sans doute comme ce spécifique qui guérit les maçons et ne prend pas sur les ébénistes.

Je ne tiens pas à renouveler ici une polémique qui a été soumise autrefois à la discussion de la presse, au sujet du privilége accordé aux comédiens d'être à la fois les juges et les interprètes des pièces représentées sur leur théâtre.

Le rôle et la mission de la Comédie-Française sont d'interpréter les œuvres du répertoire classique, de conserver les traditions de l'art du comédien par le choix des sujets, enfin d'accueillir et de rechercher les meilleures productions modernes.

Si la Comédie-Française ne fait pas d'élèves, rôle qui semble appartenir à l'Odéon, elle ne constitue pas non plus une association purement commerciale. Elle reçoit une subvention de deux cent quarante mille francs pour combler le déficit de ses recettes et elle n'a pas de loyer à sa charge. En joignant à ces chiffres les droits des auteurs morts qui rentrent dans sa caisse, on peut évaluer la subvention du Théâtre-Français à plus d'un demi-million.

Une récente statistique a démontré que ses recettes étaient les plus florissantes, mais on pourrait également démontrer que le niveau littéraire de son répertoire moderne est moins élevé que celui du Vaudeville et du Gymnase.

On a dit que George Sand récusait le tribunal des sociétaires. Émile Augier s'est tenu longtemps éloigné de la Comédie-Française. Alexandre Dumas fils n'y a jamais donné un de ses ouvrages. De tout son répertoire, Théodore Barrière n'y a fait représenter qu'un acte et Victorien Sardou une pièce faible.

Je ne passerai pas en revue les pièces refusées et jouées après succès à la Comédie-Française, les comédiens qui lui ont manqué et le mauvais accueil fait à d'autres. Depuis Diderot et Voltaire, les choses n'ont pas changé dans la maison de correction du docteur Molière. Les comédiens continuent à voir, dans les pièces qui leur sont soumises, le rôle qui leur est destiné et l'argent qui rentrera dans la caisse.

Il en sera ainsi tant que les comédiens seront les juges des écrivains, et de temps en temps ils laisseront trébucher un jeune auteur sur leurs planches pour répondre au ministre :

« Les jeunes gens, nous les cherchons. Voilà ce qu'ils savent faire. »

Il reste les journaux, les livres et les autres théâtres pour se consoler de lire au fronton de la Comédie-Française :

« Place à la médiocrité vertueuse !
« Place aux vieux ! »

LA SOCIÉTÉ DES GENS DE LETTRES.

Celle-ci a fait bien des folies, mais elle n'est pas méchante. C'est une bonne fille.

Son appartement n'est pas un salon capitonné réservé à l'aristocratie; c'est un atelier ouvert aux ouvriers et aux apprentis. On s'y bat, mais on y travaille.

C'est notre mère. En bons compagnons, nous avons la main dure, mais pas de rancune.

Il y a deux choses qu'on y trouve :

Du pain et une pierre.

De quoi vivre et de quoi dormir.

C'est assez.

Après trente ans d'une vie paisible, laborieuse et sage, elle vient d'obtenir le divorce.

Son contrat de mariage a été déchiré et elle s'est remariée en secondes noces.

Qu'elle soit heureuse et libre.

Paris, imp. Jouaust, rue Saint Honoré, 338.